MICHAEL

PANDA GIGANTE
Ailuropoda melanoleuca
China

Os ursos pandas vivem nas montanhas da China Central. A alimentação do urso panda é 99% bambu.

URSO POLAR
Ursus maritimus
Círculo Polar Ártico

Os ursos polares são os maiores do mundo. A maioria deles vive no Círculo Polar Ártico.

URSO NEGRO
Ursus americanus
América do Norte

O urso negro é de tamanho médio e vive nas florestas da América do Norte.

GIANT PANDA
Ailuropoda melanoleuca
China

Panda bears live in the mountains of central China. The Panda bear's diet is 99% bamboo.

POLAR BEAR
Ursus maritimus
Arctic Circle

Polar bears are the world's largest bears. Most live within the Arctic Circle.

BLACK BEAR
Ursus americanus
North America

The black bear is a medium-sized bear that lives in the forests of North America.

URSO TEDDY
'Urso' Honorário
Mundial

Urso Teddy é um urso de pelúcia de brinquedo, que deve seu nome ao Presidente dos EUA, Theodore Roosevelt, cujo apelido era Teddy.

URSO MARROM
Ursus arctos
Europa, Ásia e América do Norte

Os ursos marrons são os mais comuns de todos os ursos. Eles são encontrados em toda a América do Norte, Europa e Ásia.

URSO MALAIO
Helarctos malayanus
Sudeste Asiático

O urso malaio é o menor urso do mundo. Este urso também é conhecido como urso de mel porque adora comer mel.

koala

TEDDY BEAR
Honorary 'Bear'
Worldwide

The Teddy bear is a stuffed toy bear named after the US president Theodore Roosevelt whose nickname was Teddy.

BROWN BEAR
Ursus arctos
Europe, Asia and North America

Brown bears are the most common of all bears. They can be found all over North America, Europe and Asia.

SUN BEAR
Helarctos malayanus
Southeast Asia

The sun bear is the world's smallest bear. The sun bear is also known as a honey bear because it loves to eat honey.

Para Emily e Jessica

For Emily and Jessica

First published in English by Fremantle Press, Australia, in 2010.

Published in English in the United States of America by Star Bright Books in
2013. Bilingual Portuguese/English edition first published in the United States
of America in 2014 by Star Bright Books. Inc. The name Star Bright Books and
the Star Bright Books logo are registered trademarks of Star Bright Books, Inc.
Please visit: www.starbrightbooks.com. For bulk orders, please email:
orders@starbrightbooks.com, or call customer service at: (617) 354-1300.

Portuguese/English Paperback ISBN-13: 978-1-59572-670-4
LCCN: 2014941406
Star Bright Books / MA / 00109140
Printed in China (C&C) 10 9 8 7 6 5 4 3 2 1

Translated by wintranslation.com

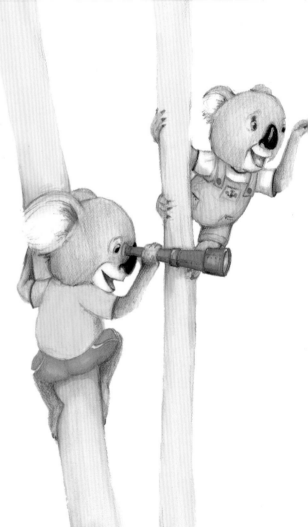

Os Outros Ursos

The Other Bears

Por/By Michael Thompson

Star Bright Books

Os coalas ADORAM ser chamados de ursos coala.

Koalas just LOVE to be called koala bears.

Mas uma grande surpresa os esperava,

quando chegaram os *outros* ursos.

But they were in for a big surprise

when the *other* bears arrived.

Os pandas chegaram primeiro.

First came the panda bears.

"Não gosto das orelhas deles", resmungou Papai Coala.

"Nem dos sapatos", reclamou Mamãe Coala.

"Mas adoramos a comida deles", gracejaram os ursinhos.

"I don't like their ears," grumbled Father Koala.

"Or their shoes," griped Mother Koala.

"But we love their food," grinned the little koalas.

Depois, chegaram os polares.

Next came the polar bears.

"Não gosto das garras deles", rosnou Papai Coala.

"Nem do casaco", gemeu Mamãe Coala.

"I don't like their claws," growled Father Koala.

"Or their coats," groaned Mother Koala.

"Mas adoramos as brincadeiras deles",
riram os coalinhas meio sem jeito.

"But we love their jokes,"
giggled the little koalas.

Os negros foram os terceiros a chegar.

Third came the black bears.

"Não gosto do barulho que fazem", queixou-se Papai Coala.

"Nem dos uniformes", choramingou Mamãe Coala.

"Mas adoramos suas canções", gritaram os coalinhas.

"I don't like their noise," wailed Father Koala.

"Or their uniforms," whined Mother Koala.

"But we love their songs," whooped the little koalas.

Depois, vieram os marrons.

Then came the brown bears.

"Não gosto dos dentes deles", mordiscou Papai Coala.

"Nem do chapéu", Mamãe Coala torceu o nariz.

"Mas adoramos suas histórias", disseram os coalinhas.

"I don't like their teeth," snapped Father Koala.

"Or that hat," sniffed Mother Koala.

"But we love their stories," said the little koalas.

Por último, vieram os malaios.

Last came the sun bears.

"Não gosto das bicicletas deles", bufou Papai Coala.

"Nem das sombrinhas", bafejou Mamãe Coala.

"I don't like their bicycles," huffed Father Koala.

"Or their umbrellas," puffed Mother Koala.

"Mas adoramos seus jogos", riram os coalinhas.

"But we love their games," laughed the little koalas.

Papai e Mamãe Coala ficaram tão irritados,
que pareciam não gostar de nada.

Eis que então, . . .

Father Koala and Mother Koala
were becoming so grumpy
they didn't seem to like anything anymore.

But then . . .

Todo o nervosismo deles desapareceu,

All their grumpiness melted away,

ao verem os coalinhas brincarem.

watching the little koalas play.

Para cada um, havia um ursinho mais feliz,

For each was a happier little bear,

depois que os outros ursos chegaram.

now that the other bears were there.

COALA
Phascolarctos cinereus
Leste e Sul da Austrália

Na verdade, os coalas não são ursos. São marsupiais,
animais que carregam os filhotes em uma bolsa.
Os coalas comem principalmente folhas de
eucalipto e dormem 16 horas por dia.

KOALA
Phascolarctos cinereus
Eastern and Southern Australia

Koalas are not really bears. They are
marsupials, animals that carry their babies in
a pouch. Koalas eat mostly eucalyptus leaves,
and they sleep for about 16 hours a day.

URSO DE ÓCULOS
Tremarctos ornatus
América do Sul

Ursos de óculos são exclusivos da América do Sul. São também conhecidos como ursos Andinos porque vivem na Cordilheira dos Andes e nos arredores.

BICHO PREGUIÇA
Melursus ursinus
Ásia

As preguiças têm pelos pretos despenteados e comem frutas e insetos. A maioria vive na Índia e no Sri Lanka. São os únicos ursos que carregam os filhotes nas costas.

URSO NEGRO ASIÁTICO
Ursus thibetanus
Ásia

O urso negro asiático também é conhecido como urso-lua, devido à marca característica de pelo branco em forma de lua crescente, existente na região do peito.

SPECTACLED BEAR
Tremarctos ornatus
South America

Spectacled bears are the only bears from South America. They are also known as Andean bears because they live in and around the Andes mountains.

SLOTH BEAR
Melursus ursinus
Asia

Sloth bears have shaggy black hair and eat fruit and insects. Most live in India and Sri Lanka. They're the only bears that carry their babies on their backs.

ASIAN BLACK BEAR
Ursus thibetanus
Asia

The Asian black bear is also known as a moon bear because of the moon shaped patch of white fur on its chest.